GUIDE FARFELU MAIS NÉCESSAIRE DE CONVERSATION ANGLAISE

Jean-Loup Chiflet

GUIDE FARFELU MAIS NÉCESSAIRE DE CONVERSATION ANGLAISE

Dessins de Christine Géricot

Éditions Points

Jean-Loup Chiflet remercie Christiane Courbey pour son aide dans la traduction anglaise des phrases du guide.

L'éditeur remercie Sarah Casquet pour sa relecture de l'ouvrage.

Cet ouvrage est une édition revue et augmentée de *L'Anglais saugrenu* paru aux éditions Payot & Rivages en 1993 et dans la collection « Points » en 1995.

ISBN 978-2-7578-2275-3

LE GOÛT DES MOTS

UNE COLLECTION DIRIGÉE PAR PHILIPPE DELERM

Les mots nous intimident. Ils sont là, mais semblent dépasser nos pensées, nos émotions, nos sensations. Souvent, nous disons : « Je ne trouve pas les mots. » Pourtant, les mots ne seraient rien sans nous. Ils sont déçus de rencontrer notre respect, quand ils voudraient notre amitié. Pour les apprivoiser, il faut les soupeser, les regarder, apprendre leurs histoires, et puis jouer avec eux, sourire avec eux. Les approcher pour mieux les savourer, les saluer, et toujours un peu en retrait se dire je l'ai sur le bout de la langue – le goût du mot qui ne me manque déjà plus.

Ph. D.

Dear friends,
As you know reading English it's not small beer, and I would say more, it is not pie ! But if you want to learn good English, the fingers in the nose, read carefully this book and you will see that finally it is not the sea to drink because when English is funny, it is the foot, n'est-il pas ?
Good *luck !*

John-Wolf Whistle
(*alias* Jean-Loup Chiflet)

Au commissariat de police
At the police station

- **Où puis-je laver mes petites menottes ?**

  Could I please go and wash my little handcuffs ?

- **Madame la commissaire, je vous trouve très belle, j'aimerais vous faire une déclaration !**

  (Speaking to the Female Police Chief) : You're very beautiful. May I make my declaration ?

- **Auriez-vous l'obligeance de détacher ce radiateur de mes poignets ?**

  Would you be so kind as to untie the radiator from my wrists ?

- **Rendez-moi mes lacets car je vais prendre froid aux pieds avec ces courants d'air.**

  Please give me back my shoelaces or my feet will get cold from these drafts.

- **Ça avait la couleur de l'alcool, ça ressemblait à de l'alcool, mais vous avez raison monsieur l'agent, je crois que c'était vraiment de l'alcool.**

  It was the same colour as alcohol and it looked just like alcohol. You know, I think you're right, Officer, it really was alcohol.

VOCABULAIRE

Bavure : unfortunate mistake
Dégrisement : sobering up
Contravention : fine
Immigré : immigrant
Patibulaire : sinister
Machine à écrire : typewriter
Viol : rape
Ceinturon : belt
Violon : prison
Visière : peak
Avocat : lawyer
Innocent : innocent

Chez un milliardaire
At a billionaire's house

- **Qui a pris le Rembrandt qui était dans la salle de bains ?**

  Who took the Rembrandt that was in the bathroom ?

- **Les orchidées de la niche du chien sont fanées.**

  The orchids in the doghouse have wilted.

- **Quelle Liz a téléphoné : Taylor ou la Reine ?**

  Which Liz was that on the telephone : Taylor or the Queen ?

- **Je trouve que les enfants ne devraient pas griffonner sur les Picasso. Ça fait désordre.**

  I don't think the children should scribble on the Picassos. It looks so sloppy.

- **Si l'hélicoptère est en panne, comment vais-je faire pour aller chercher le pain ?**

  How will I get to the bakery if the helicopter isn't working ?

VOCABULAIRE

Or : gold
Pouvoir : power
Yacht : yacht
Spéculation : speculation
Vison : mink
Maître d'hôtel : butler
Truffe : truffle
Esturgeon : sturgeon
Bourse : stock exchange
Magot : pile
Luxe : luxury
Plaqué or : gold plate

Je voyage au Japon
My trip to Japan

- **Ne mets pas tes genoux sur la table.**

  Don't put your knees on the table !

- **À quelle heure rentre le kamikaze ?**

  What time is the kamikaze coming home ?

- **Pour le petit déjeuner j'avais dit « café complet » et non pas « riz complet » !**

  I ordered a continental breakfast with coffee, not with rice !

- **Madame la geisha, si vous voulez courir pour attraper votre train, vous feriez mieux de mettre un jogging.**

  If you have to run to catch your train, you'd be better off wearing sweat pants… even if you are a Geisha.

- **Mais non, monsieur le sumo, ce n'est pas parce que vous êtes anorexique qu'il faut vous faire hara-kiri.**

  Just because you're a sumo wrestler doesn't mean you have to commit hara-kiri for being anorexic.

VOCABULAIRE

Yeux bridés : slanting eyes
Poisson cru : raw fish
Empereur : emperor
Courbette : low bow
Bombe atomique : nuclear bomb
Tremblement de terre : earthquake
Rizière : ricefield
Yamaha : Yamaha
Cerf-volant : kite
Honda : Honda
Temple : temple
Jaune : yellow

Chez le psychanalyste
At the analyst's

- **Je jouais effectivement au football au stade municipal, mais je n'ai jamais été ni au stade oral ni au stade anal.**

  I used to act in plays on the community theatre stage, but I never got to the oral or anal stage.

- **Si j'avais su qu'il fallait que je me couche sur ce divan j'aurais apporté mon pyjama et mon nounours.**

  If I had known I was going to lie down on this couch, I would have brought my teddy bear and pyjamas.

- **Je crois que vous faites erreur. Ma mère n'était pas castratrice, mais cantatrice.**

  I think you're mistaken. I said my mother practised emancipation, not emasculation.

- **Lorsque vous décroisez vos jambes, madame la psychothérapeute, je sens le réservoir de ma**

libido se destructurer en vue d'un transfert analysant analysé.

(Speaking to a female therapist) : When you uncross your legs, I feel my libido coming undone and getting geared for a patient therapist transference.

VOCABULAIRE

Schizophrénie : schizophrenia
Narcissique : narcissistic
Névrotique : neurotic
Borderline : borderline
Projection : projection
Régression : regression
Phallique : phallic
Pulsion : drive
Phobique : phobic
Pénis : penis
Fantasme : fantasy
Œdipe : Oedipus

À l'Académie française
At the French Academy

- **Je vous trouve très vert pour votre âge.**

You do seem quite spry for your age.

- **Où doit-on s'adresser pour participer au goûter costumé du jeudi après-midi ?**

Where is the Thursday afternoon costume tea party being held ?

- **J'aimerais visiter la salle de musculation.**

  I'd like to see the work-out room.

- **Où se trouvent les toilettes pour femmes ?**

  Where is the ladies' room ?

- **Dès que vous aurez fini votre sieste, pourrez-vous terminer la lettre B ?**

  As soon as your nap is over, could you finish the letter B ?

VOCABULAIRE

Épeler : to spell
Pluriel : plural
Pléonasme : pleonasm
Consonne : consonant
Épithète : epithet
Mot : word
Glossaire : glossary
Alphabet : alphabet
Voyelle : vowel
Verbe : verb
Complément : complement
Singulier : singular

Chez le taxidermiste
At the taxidermist's

- **J'aimerais que vous consolidiez l'andouiller de mon wapiti, car j'ai huit enfants et j'aimerais qu'ils puissent accrocher leurs manteaux.**

  I'd like you to reinforce my wapiti antlers so that my eight children can hang up their overcoats on them.

- **Mon orang-outan devait être prêt à 15 heures. Que se passe-t-il ?**

  What's going on ? My orangutang was supposed to be ready by 3.

- **Pour ma pieuvre, j'aimerais que vous me fassiez un prix : le huitième tentacule gratuit.**

  Could you give me a deal on that octopus ? How about the eighth tentacle for free ?

• **Auriez-vous un joli diplodocus, mais plutôt nain, car c'est pour un milieu de table ?**

I'm looking for an attractive diplodocus, but it has to be a miniature because it's for a centrepiece.

• **Pouvez-vous réparer mon serpent à sonnette ? Il ne fonctionne plus.**

Could you repair my rattlesnake, please ? It doesn't work any more.

VOCABULAIRE

Hareng : herring
Chinchilla : chinchilla
Tapir : tapir
Pou : louse
Putois : polecat
Lamproie : lamprey
Chat-huant : screech-owl
Mangouste : mongoose
Cachalot : sperm whale
Orignal : moose
Sangsue : leech
Silure : silurid

Au Vatican
At the Vatican

- **Je vois que vous avez fait repeindre les plafonds, c'est du Pope art ?**

  I see you've had the ceiling repainted. Is that called Pope Art ?

- **J'aime bien votre chapeau, il est rigolo. Où l'avez-vous acheté ?**

  I really like your hat. It's so funny. Where did you get it ?

- **Je connais une trattoria dans le coin qui cuisine d'excellents cheveux d'ange.**

  I know a trattoria in the area that serves great angel hair pasta.

- **J'ai vu *Rocky I, Rocky II,* mais je n'ai pas vu Vatican I ni Vatican II.**

  I've seen *Rocky I* and *Rocky II*, but I haven't seen Vatican I or Vatican II.

• **Où puis-je acheter du savon ? C'est pour offrir au pape pour qu'il me fasse une bulle.**

Quick ! I need to find a cape. The pope is sending me a bull.

VOCABULAIRE

Nonce : nuncio
Conclave : conclave
Chasuble : chasuble
Encyclique : encyclical
Aube : alb
Crosse : crosier
Mule : mule
Surplis : surplice
Concile : synod
Étole : stole
Chape : cope
Infaillibilité : infallibility

Dans un sous-marin
In a submarine

- **Auriez-vous un masque et un tuba ? J'aimerais aller me promener sur le pont.**

  Have you got a mask and snorkel to lend me ? I'd like to go for a walk up on the bridge.

- **Je n'arrive pas à ouvrir les fenêtres.**

  I can't get these windows open.

- **Les essuie-glaces du périscope doivent être en panne car je ne vois plus rien.**

  I can't see a thing. The periscope's windscreen wipers must be broken.

- **Mon commandant, j'ai amené le pavillon mais je le trouve très humide.**

  I raised the flag, Captain, but it's rather wet.

- **Avec un peu plus de vent nous irions probablement plus vite.**

  We could probably go faster if the wind were blowing stronger.

VOCABULAIRE

Hélice : propeller
Sas d'accès arrière : air lock
Chaudière : boiler
Kiosque : conning tower
Barre de plongée : starboard diving plane
Gouvernail de plongée avant : port sail plane
Chambre des machines : engine room
Tube lance-missiles : missile tube
Couchette : bunk
Réacteur : reactor
Torpille : torpedo
Missile : missile

Au restaurant chinois
At a Chinese restaurant

- **Auriez-vous un peu de pain pour le fromage ?**

  Could I please have some bread to go with the cheese ?

- **Bonjour M. Ping, n'auriez-vous pas vu mon chat ? Il a disparu près de chez vous.**

  Hello ! Mr. Ping. Have you seen my cat ? It got lost near here.

- **Votre canard siamois est très bon mais je lui trouve un arrière-goût de gouttière.**

  Your Siamese duck is delicious but it has a strange aftertaste... rather like alley food.

- **J'aurais préféré des rognons de veau et du gratin dauphinois.**

  I would have prefered veal kidneys and scalloped potatoes.

- **Cette soupe chinoise paraît excellente mais j'éprouve une certaine difficulté à l'apprécier avec des baguettes.**

  This Chinese soup smells delicious, but I could sure use a spoon instead of chopsticks.

VOCABULAIRE

Canard laqué : Peking duck
Thé : tea
Soupe : soup
Cure-dent : toothpick
Vapeur : steam
Menu : menu
Rouleau de printemps : spring roll
Bol : bowl
Riz cantonais : fried rice
Écumoire : skimmer
Gingembre : ginger
Wok : wok

À l'hôpital
In hospital

• **Madame l'anesthésiste, pouvez-vous me réveiller vers midi, midi et demi ?**

(Speaking to the anaesthetist :) Could you please make my wake-up call for around 12-12:30 ?

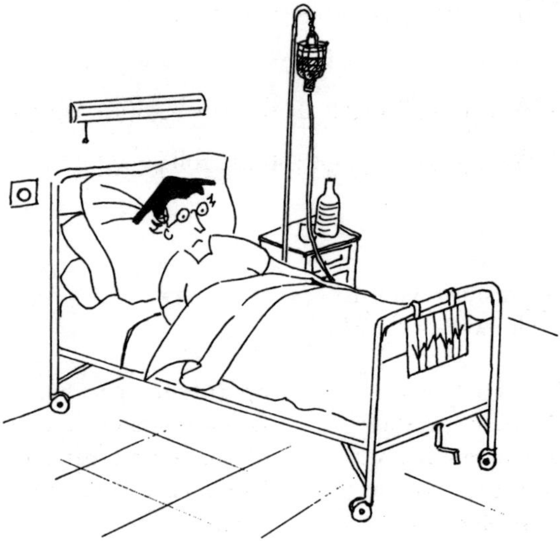

- **Enlevez votre masque, je vous ai reconnu.**

  Take off your mask. I know who you are.

- **Rhésus négatif ? C'est grave ?**

  Rhesus negative ? Is that serious ?

- **Il faut faire la queue pour passer sur le billard, et en plus, ça me donne les boules.**

  You have to queue up before being operated on. It really gives me the creeps.

- **À quelle heure doit-on changer de drain ?**

  When should we change the tubes ?

VOCABULAIRE

Cachet : tablet
Prostate : prostate
Radiographie : X-ray
Seringue : syringe
Infirmière : nurse
Ovaire : ovary
Vessie : bladder
Spéculum : speculum
Abaisse-langue : tongue depressor
Stimulateur cardiaque : pacemaker
Veine cave supérieure : superior vena cava
Oto-rhino-laryngologiste : ear, nose and throat specialist

Je rentre au couvent
Getting to a convent

- **J'avais réservé une cellule avec un lit double. Passez-moi la réception.**

  I'd like to speak to the manager please, I reserved a cell with a double bed.

- **Pouvez-vous me réveiller pour matines ?**

  Could you wake me up for matins, please ?

- **À quelle heure doit-on se flageller ?**

  What time is flagellation scheduled for ?

- **Je préfère garder ma casquette car j'ai peur de prendre froid à cause de la tonsure.**

  I'd rather keep my cap on. I'm afraid of catching cold with this tonsure.

- **Je croyais que les auréoles se portaient au-dessus de la tête et non sous les bras.**

  I thought halos were supposed to be worn above your head, not under your armpit.

VOCABULAIRE

Chasteté : chastity
Méditation : meditation
Novice : novice
Foi : faith
Cloître : cloister
Dévotion : devotion
Chapitre : chapter
Extase : ecstasy
Vœu : vow
Parloir : parlour
Cloche : bell
Moine : monk

Dans le métro
The underground

- **Dès que vous aurez fini de lire par-dessus mon épaule, je me permettrai de tourner la page.**

As soon as you've finished reading over my shoulder, I'll turn the page.

- **Pardon, monsieur le contrôleur, où sont les toilettes, s'il vous plaît ?**

  Excuse me, Inspector, where is the John ?

- **Je voudrais la couchette du haut.**

  I'd like the upper berth.

- **Je n'ai que quelques bagages à main mais je souhaiterais les enregistrer.**

  I've only got hand luggage, but I'd like to check it in.

- **La prochaine fois, je demanderai à l'agence de voyages de me donner des places assises dans le sens de la marche.**

  Next time I'll ask my travel agent to reserve seats facing forward.

VOCABULAIRE

Tourniquet : turnstile
Aiguillage : switch
Escalier mécanique : escalator
Barre de maintien : side handrail
Portes coulissantes : door panels
Motrice : motor unit
Quai : platform
Butoir : bumper
Rame : train
Traverse : sleeper
Voie : track
Siège : seat

Dans les catacombes
In the catacombs

- **Comme c'est bien rangé !**

  It's so neat and tidy down here !

- **Y a quelqu'un ?**

  Is anyone home ?

- **Être ou ne pas être, là est la question.**

  To be or not to be, that's the question.

- **Échangerais radius contre cubitus.**

  Will swap a radius bone for a ulna bone.

- **Les chiens doivent être tenus en laisse.**

  Dogs must be kept on a leash.

- **N'oubliez pas le guide… à l'intérieur, s'il vous plaît.**

  Please don't leave the guide inside.

VOCABULAIRE

Sternum : sternum
Omoplate : shoulder-blade
Métatarse : metatarsal
Ilion : ilium
Carpe : carpus
Rotule : kneecap
Péroné : fibula
Clavicule : collar-bone
Crâne : skull
Malléole : calcaneus
Cubitus : ulna
Sacrum : sacrum

À la plage
At the beach

- **Les enfants ! Arrêtez de jouer avec ce requin et venez goûter.**

  Children ! Stop playing with that shark, come and eat your lunch.

- **Maintenant, vous allez déterrer votre grand-père car c'est lui qui a les clefs de la voiture et il faut rentrer.**

  Come on, now, it's time to go. You have to dig up grandfather. He is the one with the keys.

- **Qui a caché le monokini de grand-mère ?**

  Who hid grandmother's bottom ?

- **Crois-tu qu'il est bien utile de terminer chaque leçon de natation par un cours de bouche-à-bouche avec le maître-nageur ?**

  Do you really think it's necessary to end every swimming lesson by doing mouth-to-mouth resuscitation with the lifeguard ?

- **J'adore cette plage parce que même quand il fait froid on peut se chauffer au mazout.**

  I love this beach. Even when it's cold you can use the oil from the slicks to get warm.

VOCABULAIRE

Embruns : sea spray
Vent arrière : rear wind
Parasol : beach umbrella
Écume : foam
Goémon : wrack
Soutien-gorge : bra
Méduse : jellyfish
Bronzer : to get a tan
Crête : crest
Galet : pebble
Crevette : prawn
Dune : dune

À la banque
At the bank

- **Que personne ne bouge ! Les mains en l'air...**

  Nobody move ! Stick'em up...

- **Ce serait pour changer des faux billets, c'est quel guichet ?**

  Excuse me, which window deals in counterfeit bills ?

- **J'ai apporté des bouteilles vides car je souhaiterais de l'argent liquide.**

  I brought empty bottles to take care of a cash flow problem...

- **Je m'appelle Spaggiari, avec deux « g », s'il vous plaît. Suis-je à découvert ?**

  My name is Spaggiari with two "g's". Am I overdrawn ?

- **11.43 ? Ce n'est pas le montant du taux de prêt mais le calibre de mon revolver.**

  11.43 ? It's not the interest rate on my loan, it's the calibre of my revolver.

VOCABULAIRE

Spéculer : to speculate
Coffre-fort : safe
Chèque : cheque
Escompte : discount
Crédit : credit
Débiteur : debtor
Épargne : savings
Faillite : bankruptcy
Créancier : creditor
Caissier : cashier
Action : share
Obligation : bond

À l'église
At church

- **Où se trouve la zone non-fumeurs ? Je ne supporte pas l'encens.**

  Where's the non-smoking section ? I can't bear incense.

- **Monsieur le sacristain, je n'ai qu'un euro pour la quête, pouvez-vous me rendre la monnaie ?**

  I only have one euro for the collection plate. Could you please give me back some change ?

- **Veuillez laisser, je vous prie, ce confessionnal dans l'état dans lequel vous souhaiteriez le trouver en entrant.**

  Please leave this confessional as clean as you found it upon arriving.

- **Le vin de messe nouveau est-il arrivé ?**

  Is the "vin de messe nouveau" out yet ?

- **Le prédicateur a décidé de ne pas monter en chaire car c'est une messe basse.**

  It's a low mass, so the preacher has decided not to speak from the pulpit.

VOCABULAIRE

Clef de voûte : keystone
Arc-boutant : flying buttress
Bigot : holier-than-thou
Nef : nave
Bénitier : stoup
Voussure : arch
Vicaire : curate
Abside : apse
Flèche : spire
Clocher : bell tower
Tronc : collection box
Diocèse : diocese

En avion
On an airplane

- **Auriez-vous l'amabilité d'ouvrir un peu votre hublot ? Je crève de chaud.**

  It's so hot in here. Would you mind opening your window a bit ?

- **Oui mon chéri, on va faire du toboggan ! Dépêche-toi et laisse ton seau et ta pelle mais prends ta bouée.**

  Yes, dear, we are going on the slide ! Hurry up now. Leave your pail and shovel, but don't forget the lifebelt.

- **Ces stewards ont de jolis uniformes kaki mais je n'aime pas leurs cagoules noires.**

  These stewards have such pretty khaki uniforms, but I am not very fond of their black facemasks.

- **Si le pilote continue à faire des loopings, je vais exiger de lui faire souffler dans le ballon.**

  If the pilot keeps on making these loops. I'm going to demand that he take a breath test.

- **OK pour atterrir dans les Andes... mais pas question de manger mon voisin, je suis végétarien.**

  It's OK by me if we land in the Andes, but I refuse to eat my neighbour. I'm a vegetarian.

VOCABULAIRE

Catastrophe aérienne : plane crash
Survivant : survivor
Détournement : hijacking
Décollage : takeoff
Anémomachmètre : mach and speed indicator
Arbre turbine compresseur : turbine compressor shaft
Chariot à bagage : baggage cart
Trou d'air : air pocket
Instruments de vol : flying instruments
Boutique hors taxe : duty-free shop
Cumulo-nimbus : cumulonimbus
Décalage horaire : jet lag

À l'opéra
At the opera

- **Pardon, madame l'ouvreuse, pouvez-vous m'aider à sortir de la baignoire pour me mener aux lavabos ?**

  (Speaking to the usherette) : Excuse me, Miss, can you help me get out of the stalls and show me the way to the conveniences ?

- **À quelle heure se termine la *Symphonie inachevée* ?**

  What time does the *Unfinished Symphony* end ?

- **Le chanteur fait tellement de canards qu'il devrait se réfugier au poulailler.**

  That singer has hit too many false notes. Send him to the peanut gallery !

- **Si c'était pour danser la *Carmagnole*, c'était pas la peine de mettre un tutu.**

  There's no point in putting on a tutu if you're only going to do folk dancing.

- **Je ne vois pas le fantôme de l'Opéra, c'est normal ?**

  I can't see the Phantom of the Opera ! Is it normal ?

VOCABULAIRE

Coulisses : wings
Pupitre : music-stand
Baryton : baritone
Blanche : minim
Chef d'orchestre : conductor
Triple croche : demisemiquaver
Corpulent : stout
Bémol : flat
Diva : diva
Rideau : curtain
Décor : scenery
Loge : box

Chez le politicien
With a politician

- **Où puis-je, je vous prie, faire blanchir mon argent ?**

  Excuse me, but do you know where I can have my money laundered ?

- **Je ne veux pas vous déranger, je viens juste chercher mon vrai faux passeport.**

  I hope I'm not disturbing you. I've just come to pick up my authentic false passport.

- **Madame le Ministre, je trouve que vous avez de très beaux avantages en nature.**

  (Speaking to a female Cabinet Minister) : Madam, you have some very fringe benefits.

- **Je ne pratique pas la langue de Shakespeare, mais je me débrouille assez bien avec la langue de bois.**

  I can't speak French, but I'm quite fluent in double talk.

- **J'ai une vie très saine avec de rares abus à l'exception des abus de biens sociaux.**

  I'm into clean living, except where fraudulent misuse of funds is concerned.

VOCABULAIRE

Découpage électoral : warding
Retourner sa veste : to turn one's coat
Prendre une veste : to come a cropper
Pot-de-vin : bribe
Frauduleux : fraudulent
Circonscription : constituency
Sang contaminé : infected blood
Corruption : corruption
Écoute téléphonique : wiretapping
Démagogie : demagogy
Financement des partis : party financing
Immunité parlementaire : parliamentary immunity

Dans un phare
In a lighthouse

- **Baisse un peu l'abat-jour... j'ai mal aux yeux.**

  Lower the shade a bit... my eyes hurt.

- **Les enfants, ce n'est pas de ma faute si vous ne pouvez pas jouer aux quatre coins.**

  It isn't my fault if you can't play "four corners", children.

- **Arrête de tourner en rond ! À force de te regarder, j'ai la tête qui tourne.**

  Stop going round in circles ! My head is spinning from watching you.

- **J'en ai marre ! C'est toujours moi qui raccompagne la baby-sitter...**

  I've had it ! I'm always the one who has to take the babysitter home.

- **N'oubliez pas d'éteindre en partant.**

  Don't forget to turn out the light as you leave.

VOCABULAIRE

Golfe : gulf
Épave : wreck
Bouée : buoy
Mouette : seagull
Boussole : compass
Bâbord : port
Crique : cove
Roulis : rolling
Arc-en-ciel : rainbow
Chaloupe : launch
Tempête : storm
Bras de mer : inlet

Chez le vétérinaire
At the veterinarian's

- **C'est pour mon crapaud. Il a de l'acné...**

  It's for my toad. He's got acne...

- **Pourriez-vous piquer mon abeille car je crains, hélas ! qu'elle ne soit incurable ?**

  Could you please put my bee out of its misery. It's an incurable stinger.

- **Mon caméléon est épuisé car il vient de tomber sur une couverture écossaise...**

  My chameleon is exhausted after falling on a tartan blanket.

- **Ma vache, depuis qu'elle vit en appartement, se plaint de ne plus entendre de cloches. Que dois-je faire ?**

  Since living in an apartment, my cow has been complaining about not hearing any bells ringing. What should I do ?

- **Mon héron a des varices et mon perroquet bégaie… vous pouvez faire quelque chose ?**

  My heron has varicose veins and my parrot stutters. Is there anything you can do ?

VOCABULAIRE

Hippopotame : hippopotamus
Congre : conger eel
Tamanoir : great anteater
Luciole : firefly
Frelon : hornet
Teckel : dachshund
Bigorneau : winkle
Mérou : grouper
Chauve-souris : bat
Limande : dab
Canard : duck
Cigogne : stork

Au paradis
In paradise

- **Excusez-moi, je suis gaucher, où se trouve la droite du Seigneur ?**

  Excuse me, but I'm left-handed. Where's the right hand of God ?

- **Où puis-je faire nettoyer mon auréole ?**

  Where can I get my halo cleaned ?

- **À quelle heure passe le prochain nuage ? J'ai une course à faire.**

  I have some errands to do. When is the next cloud scheduled to float by ?

- **J'apprécie beaucoup votre groupe de pop music, les Gregorians.**

  I really like your pop music group, the Gregorians.

- **Non merci, monsieur le serpent, je ne veux pas de pomme car je ne prends jamais de dessert.**

  (Speaking to a snake) : No thank you, Sir. I don't care for an apple. I never eat dessert.

VOCABULAIRE

Éternel : eternal
Céleste : heavenly
Enfer : hell
Zénith : zenith
Diable : devil
Créateur : creator
Ange : angel
Seigneur : lord
Cirro-stratus : cirrostratus
Ciel : heaven
Divin : divine
Galaxie : galaxy

Chez le national-socialiste
At the national socialist's

- **Dois-je garder mes bottes ou dois-je les laisser à l'entrée ?**

  May I keep my boots on or should I leave them at the door ?

- **Oh ! Votre chemise est bien plus noire que la mienne !**

  Oh, look ! Your shirt is so much blacker than mine !

- **Non merci, je ne danse pas « la danse des canards », je préfère « le pas de l'oie ».**

  No thank you, I don't do the "Bunny Hop". I prefer the "Goose step".

- **Les petits-fours étaient excellents... On voit que votre épouse ne cuisine qu'au gaz...**

  Those "petits-fours" were delicious. I can see your wife only cooks with gas.

- **Laissez-moi, je vous prie, vous raccompagner jusqu'à la frontière.**

  Please allow me to show you the border.

VOCABULAIRE

Race : race
Affichage sauvage : illegal billposting
Croix gammée : swastika
Mosquée : mosque
Camp de concentration : concentration camp
Mirador : mirador
Aryen : aryan
Treillis : fatigues
Rangers : combat boots
Culasse : breech
Matraque : truncheon
Moustache : moustache

Sur la Lune
On the Moon

- **Faut-il changer de combinaison pour le dîner ?**

  Do I have to put on a new spacesuit for dinner ?

- **Vous avez des croissants ?**

  Do you have any crescent rolls ?

- **Où se trouve le syndicat d'initiative ?**

  Where is the tourist information bureau ?

- **À quelle heure s'envoie-t-on en l'air ?**

  When can we send each other into orbit ?

- **Cette soirée au clair de terre est vraiment romantique.**

  What a romantic evening under the earthlight !

VOCABULAIRE

Mésosphère : mesosphere
Cratère : crater
Apesanteur : weightlessness
Éclipse : eclipse
Lune rousse : april moon
Nébuleuse : nebula
Astrologie : astrology
Orbite : orbit
Observatoire : observatory
Navette spatiale : space shuttle
Fusée à propergol liquide : liquid rocket booster
Réflecteur de réservoir d'origine liquide : lox tank baffler

Aux pompes funèbres
At a funeral parlour

- **Bonjour, je voudrais votre catalogue printemps-été.**

  Hello. I'd like your Spring/Summer catalogue, please.

- **Puis-je essayer vos cercueils en bois des îles ?**

  Could I try one of your coffins in exotic wood ?

- **Je souhaiterais un matelas plus dur et un oreiller plus mou.**

  I'd like a harder mattress and a softer pillow.

- **Bien que je ne sois pas très chaud pour la crémation, montrez-moi quand même vos urnes funéraires.**

  I'm not too hot on the idea of being cremated, but show me some of your funeral urns anyway.

- **Je ne trouve pas que les couleurs soient très gaies ; les urnes sont-elles consignées ?**

  Are the urns returnable ? I don't find the colours very cheery.

VOCABULAIRE

Pierre tombale : tombstone
Épitaphe : epitaph
Trépasser : to pass away
Caveau : vault
Cadavre : corpse
Chrysanthème : chrysanthemum
Corbillard : hearse
Héritage : inheritance
Chagrin : sorrow
Défunt : deceased
Couronne : wreath
Obsèques : funeral
Chêne : oak

À la boucherie
At the butcher's

- **Excusez-moi, madame la bouchère, mais je dois vous signaler que votre poitrine avait un drôle de goût.**

  (Speaking to the butcher's wife) : Excuse me, but I must tell you how strange your breast tasted.

- **Je crois que je vais essayer votre culotte.**

  I think I'll try your rump.

- **Je vois que vous avez deux jolis pieds de cochon. Combien coûtent-ils ?**

  I see you have two nice pig's feet. How much are they ?

- **Monsieur le boucher, vous avez une belle tête de veau !**

  Mr Butcher, you have a beautiful calf's head !

- **Bonjour, monsieur le boucher, je crois que je vais prendre vos deux oreilles et votre queue.**

  (Speaking to the butcher) : Good morning, I'd like those two ears and that tail you've got, please.

VOCABULAIRE

Contre-filet : sirloin
Réfrigérer : to refrigerate
Haut de côtes : chuck short rib
Fusil : sharpening steel
Jambonneau : rock
Couteau à désosser : boning knife
Billot : block
Hachis : mince
Saignant : rare
Jarret : shank
Cervelle : brains
Caissière : cashier

Dans un avion de combat
In a combat aircraft

- **Pourrais-je être ravitaillé en vol car je n'ai pas déjeuné ?**

  Could I be refuelled in flight since I had no lunch ?

- **Après 22 h on est prié de ne plus dépasser la vitesse du son.**

  After 10 p.m. you are asked not to go beyond the speed of sound.

- **Il y a quand même une grosse différence avec le vol à voile.**

  There is quite a big difference between this and gliding.

- **Où sont les toilettes ? Je ne me sens pas bien.**

  Where is the toilet ? I don't feel well.

• **J'ai dû confondre la poignée du signal d'alarme avec celle du siège éjectable car je ne comprends pas ce que je fais dans votre champ.**

I can't understand what I'm doing here in your field. I must have pressed the button marked "Ejector Seat" instead of "Emergency".

VOCABULAIRE

Rail de lancement de missiles : missile launch rail
Pare-brise : windscreen
Verrière : canopy
Volet de courbure : flap
Caisson de voilure : wing box
Réacteur : jet engine
Aérofrein : air brake
Tuyère : exhaust nozzle
Stabilisateur : stabiliser
Vérin de commande de volet : flap hydraulic jack
Crosse d'appontage : arrester hook
Perche de ravitaillement : in-flight refuelling probe

Je vais à Lourdes
Going to Lourdes

- **Je cherche le maître-nageur, c'est pour la piscine.**

  I'm looking for the lifeguard. He must be at the pool.

- **À quelle heure est le prochain miracle, s'il vous plaît ?**

  When is the next miracle scheduled, please ?

- **Non merci, je ne bois que de l'eau pétillante... Je la digère mieux.**

  No thank you. I only drink bubbly water... It goes down better.

- **Je pense qu'il doit y avoir un anniversaire car je n'ai jamais vu autant de bougies.**

  It must be someone's birthday. I've never seen so many candles in all my life.

- **Vous n'auriez pas une bombe anti-crevaison ? J'ai encore crevé avec mon fauteuil roulant.**

  You wouldn't happen to have a tyre repair kit, would you ? My wheelchair has got a puncture again.

VOCABULAIRE

Béquille commune : underarm crutch
Béquille canadienne : Canadian crutch
Béquille d'avant-bras : forearm crutch
Sclérose en plaques : multiple sclerosis
Brancardier : stretcher-bearer
Vomir : to vomit
Grotte : grotto
Variqueux : varicose
Procession : procession
Canne tripode : tripod cane
Gangrène : gangrene
Guérison : recovery

En prison
In prison

- **Gardien, j'ai besoin d'une lime ! C'est pour mes ongles !**

  Jailer, I need a file ! It's for my nails !

- **Garçon ! Ce potage est froid, soyez assez aimable pour le renvoyer aux cuisines et le faire réchauffer.**

  Waiter, this soup is cold. Would you please be so kind as to send it back to the kitchen and have it warmed up ?

- **Je ne supporte pas les rayures. Pourrais-je avoir un autre pyjama ?**

  I loathe stripes. Do you think I could have another pair of pyjamas ?

- **C'est à vous cette clef ?**

  Does this key belong to you ?

- **Je dois vous laisser car je crois que mon hélicoptère m'attend.**

  I have to run. My helicopter's waiting.

VOCABULAIRE

Suicide : suicide
Pendaison : hanging
Lime : file
Injustice : injustice
Revolver : gun
Plaidoirie : defence speech
Chaise électrique : electric chair
Sursis : suspended sentence
Évasion : escape
Mur : wall
Otage : hostage
Gardien : guard

Au musée en famille
At the museum with the family

- **Ah bon ! Ces poubelles font partie de l'expo ?**

  Oh ! You mean those dustbins are part of the exhibition ?

- **Non, mon chéri, ceci n'est pas un tableau noir, c'est un Soulages.**

  No, darling, this isn't a blackboard, this is a painting by Soulages.

- ***Le Bœuf écorché* de Rembrandt, je le verrais plutôt à Rungis.**

  The Carcass of Beef by Rembrandt would be more appropriate in Rungis.

- ***L'Origine du monde* : je ne savais pas que Courbet était gynécologue.**

  The Origin of the World : I didn't know that Courbet was a gynecologist.

- **Les *Tournesols* de Van Gogh, c'est sûrement une peinture à l'huile.**

  The *Sunflowers* by Van Gogh : it must be an oil painting.

VOCABULAIRE

Chevalet : easel
Esquisse : sketch
Nature morte : still life
Aquarelle : watercolour
Glacis : glazing
Fusain : charcoal
Demi-teinte : half-tone
Sous-couche : undercoat
Clair-obscur : chiaroscuro
Croûte : bad painting
Trompe-l'œil : trompe l'œil
Barbouiller : to daub
Badigeon : colourwash
Camaïeu : monochrome
Triptyque : triptych

Chez les cannibales
Among the cannibals

- **Délicieuse, cette tête d'homme sauce gribiche !**

  This man's head with gribiche sauce is definitely delicious !

- **Les pieds grillés, c'est pas facile à faire parce que le grand homme blanc est très chatouilleux.**

  Grilled feet aren't easy to make because the big white man is very ticklish.

- **Il fallait lui couper les cheveux avant de le faire bouillir !**

  You should have cut his hair before boiling him !

- **Ce légionnaire est dur à cuire. Il va falloir le laisser mijoter longtemps.**

  This legionnaire is a tough guy. We'll have to let him simmer for quite a long time.

- **Celui-là, je n'arrive pas à le découper. Il a l'estomac bien accroché.**

  As for that one, I can't carve him. He has a strong stomach.

VOCABULAIRE

Bain-marie : double boiler
À feu doux : in a cool oven
Désosser : to bone
Brochette : skewer
Lèchefrite : dripping pan
Mortier : mortar
Cervelle : brains
Tripes : tripe
Gigot : leg
Larder : to lard
Chaudron : cauldron
Gâte-sauce : sorry cook
Écumoire : skimmer
Jungle : jungle
Sagaie : assegai

Chez le poissonnier
At the fishmonger's

- **Une demi-douzaine d'œufs de lump, s'il vous plaît.**

  Half a dozen lumpfish eggs, please.

- **Je voudrais de l'encre de seiche. En cartouches, de préférence.**

  I'd like some squid ink. In cartridges, if possible.

- **Ce requin, vous êtes sûr qu'il est bien mort ?**

  Can you assure me that this shark is dead ?

- **Vous avez de l'eau de mer ? C'est pour une soupe de poisson.**

  Have you got any salt water ? It's for a fish soup.

- **Mettez-moi cent grammes de baleine, s'il vous plaît.**

  Give me 100 grams of whale, please.

VOCABULAIRE

Araignée : spider crab
Calmar : squid
Bigorneau : winkle
Matelote : matelote
Bar : bass
Raie : skate
Cabillaud : cod
Nageoires : fins
Branchies : gills
Écailles : scales
Arêtes : bones
Hameçon : hook
Asticot : maggot
Appât : bait
Moulinet : reel

Dans un orchestre
In an orchestra

- **J'ai repéré le premier violon mais je ne vois pas le dernier.**

  I have spotted the first violin but I can't see the last one.

- **Cette symphonie est vraiment pathétique.**

  This symphony is really pathetic.

- **Celui qui tape sur le triangle, c'est un prof de maths.**

  The one who's striking the triangle is a maths teacher.

- **Tiens ! Il y en a un qui nous tourne le dos !**

  Hey ! There's one who's turning his back on us !

- **Je trouve que la soprano a une belle voix de basse.**

  I think the soprano has a beautiful bass voice.

VOCABULAIRE

Cornet à piston : cornet
Cor : horn
Hautbois : oboe
Basson : bassoon
Clavecin : harpsichord
Clavier : keyboard
Diapason : tuning fork
Pupitre : music stand
Prélude : prelude
Double croche : semiquaver
Quintette : quintet
Ut mineur : C minor
Octave : octave
Dièse : sharp
Bémol : flat

À Noël
At Christmas

- **Une cravate pour Tante Marie ? C'est parfait.**

  A tie for Aunt Mary ? That's perfect.

- **Mamie, ces rollers ne sont pas pour vous. Vous, vous avez des cours de maquillage en ligne.**

  Grandma, those roller-skates are not for you. You have a few makeup lessons on line.

- **Il fallait le dire plus tôt que tu ne savais pas ouvrir les huîtres.**

  You should have told us before that you couldn't open oysters.

- **Qu'est-ce qu'elle a, ma belle-sœur ? C'est aussi la tienne, je te ferais remarquer.**

  What's wrong with my sister-in-law ? Let me remind you that she is yours too !

• **Ah bon ! On lui a déjà offert des sels de bain l'année dernière ?**

Are you sure ? You mean we already offered him some bath salts last year ?

VOCABULAIRE

Cheval à bascule : rocking-horse
Toupie : spinning top
Bilboquet : cup-and-ball
Panoplie : outfit
Soldats de plomb : lead soldiers
Guirlande : tinsel
Cotillons : Christmas novelties
Dinde : turkey
Couteau à huîtres : oyster knife
Crèche : crib
Rois mages : the Magi
Berger : sheperd
Bœuf : ox
Âne : donkey
Ange : angel

À la morgue
At the mortuary

- **Il n'a jamais eu la tête sur les épaules, pas étonnant si je n'arrive pas à la trouver.**

  He's never had his head screwed on the right way. No wonder I can't find it.

- **Passe-moi la tronçonneuse, c'est pour la dure-mère.**

  Give me the chain-saw, it's for the *dura mater*.

- **Enlève-moi ce chat ! Il a déjà eu le poumon gauche !**

  Chase that cat away ! It's already had the left lung !

- **Ça me fait penser qu'hier soir ma femme m'a fait des ris de veau.**

  It reminds me that my wife cooked some sweet-bread last night.

• **C'est pas la prostate, c'est le ventricule droit.**

It's not the prostate, it's the right ventricle.

VOCABULAIRE

Sacrum : sacrum
Épicondyle : epicondyle
Astragale : talus
Biceps : biceps
Omoplate : shoulder blade
Occiput : occiput
Artère : artery
Pubis : pubis
Pomme d'Adam : Adam's apple
Rotule : kneecap
Vésicule biliaire : gall bladder
Thorax : thorax
Nuque : nape of the neck
Bassin : pelvis
Cadavre : corpse

Chez le marchand de fruits et légumes
At the greengrocer's

- **Je voudrais des pois cassés en bon état.**

  I would like some whole split peas.

- **Au secours ! J'ai fait tomber mes lentilles dans les lentilles !**

  Help ! I've dropped my lenses in the lentils !

- **Je prends cette citrouille. Je vous la ramènerai avant minuit.**

  I'll have this pumpkin. I'll bring it back before midnight.

- **Il me faut seulement une cerise. C'est pour mettre sur un gâteau.**

  I only need one cherry. It's to put on a cake.

- **Donnez-moi des rutabagas, c'est pour un banquet d'anciens combattants.**

  Give me some swedes, please, for a war veterans banquet.

VOCABULAIRE

Échalote : shallot
Mange-tout : sugar pea
Salsifis : salsify
Panais : parsnip
Crosne : Chinese artichoke
Épinard : spinach
Persil : parsley
Estragon : tarragon
Romarin : rosemary
Ciboulette : chive
Chicon : chicory
Topinambour : Jerusalem artichoke
Raifort : horseradish
Roquette : rocket salad
Rhubarbe : rhubarb

À un défilé de mode
At a catwalk show

- **C'est un métier à risques : elles sont censées se tordre les chevilles en public.**

  It's a risky job : they are supposed to twist their ankles in public.

- **Tu as vu sa ceinture ? En fait c'est un bracelet.**

  Have you seen her belt ? It's a bracelet, in fact.

- **C'est la première fois que je vois des cintres défiler. Mais il manque les étiquettes.**

  It's the first time I've seen hangers walking. The only point is I can't see the labels.

- **Quand elles prennent un bain elles sont tellement maigres qu'elles raient la baignoire.**

  When having a bath they are so skinny that they scratch the bath.

- **Qu'est-ce que c'est que ce bourrelet ? Elle a dû forcer sur ses feuilles de laitue.**

  Have you seen that stomach bulge of hers ? She must have overdone her lettuce leaves.

VOCABULAIRE

Bustier : strapless bra
Jarretelle : garter
Corset : corset
Bonnets : cups
Dentelle : lace
Mantille : mantilla
Épaulette : shoulder pad
Capeline : hood
Caban : reefer jacket
Justaucorps : leotard
Ourlet : hem
Passe-poil : braid
Gros-grain : grosgrain
Talon-aiguille : stiletto
Cuissarde : thigh-boot

Aux sports d'hiver
On a winter sports holiday

• **Mais je ne comprends pas… J'ai juste éternué et j'ai déclenché une avalanche !**

I don't understand… I only sneezed and I started an avalanche !

• **Je vous déposerais bien, mais pas moyen de trouver le frein de cette maudite luge !**

I'd love to drop you off but I can't find the brakes on that blasted sledge !

• **Le stop, avec les télésièges, ce n'est pas l'idéal.**

Hitchhiking isn't an easy thing, there are only chairlifts.

• **À Gstaad, il paraît qu'il y a des télésièges avec accès direct aux chambres.**

In Gstaad, they say you can find chairlifts with direct access to the hotel rooms.

- **Il y avait tellement de kirsch dans la fondue que j'ai slalomé pour redescendre à l'hôtel...**

  There was so much kirsch in the cheese fondue that I zigzagged down to the hotel...

VOCABULAIRE

Slalom géant : giant slalom
Schuss : schuss
Surf alpin : Alpine snowboard
Carre : edge
Spatule : ski-tip
Bâton : ski pole
Dragonne : strap
Guêtre : gaiter
Combinaison : ski-suit
Moufle : mitten
Patinoire : ice rink
Bonhomme de neige : snowman
Engelure : chilblain
Congère : snowdrift
Chasse-neige : snowplow

En croisière
On a cruise

- **Puis-je réserver un canot de sauvetage ?**

  Can I reserve a lifeboat ?

- **J'avais demandé une bouée à mon nom.**

  I had asked for a buoy with my name on it.

- **Pourriez-vous demander à ces dauphins de cesser de nous suivre, c'est insupportable !**

  Could you ask those dolphins to stop following us, it's most irritating !

- **Je refuse que l'orchestre joue « Plus près de Toi, mon Dieu ! », je suis athée.**

  I don't want the orchestra to play "Nearer, my God, to Thee !", I am an atheist.

- **Titanic… ? Titanic… ? C'est drôle, le nom de notre paquebot me rappelle quelque chose…**

  Titanic… ? Titanic… ? That's funny, the name of our liner reminds me of something…

VOCABULAIRE

Gouvernail : rudder
Hélice : propeller
Hublot : porthole
Proue : bow
Poupe : stern
Bâbord : port hand
Boussole : compass
Ancre : anchor
Hauban : shroud
Quille : keel
Pavois : bulwark
Étrave : stem
Dame de nage : rowlock
Pont : deck
Épave : wreck

Au fast-food
At a fast-food restaurant

- **Pouvez-vous me garantir que ce hamburger a bien été élevé sous la mère ?**

  Can you assure me that that hamburger was nourished on its mother's milk ?

- **Je peux voir la carte des vins ?**

  Can I have a look at the wine list ?

- **Je voudrais réserver une table pour samedi soir.**

  I'd like to reserve a table for Saturday evening.

- **Une demi-heure que je suis installé, et personne pour prendre ma commande...**

  I've been sitting here for half an hour, and nobody has come to take my order...

- **Comme dessert, j'aimerais de la confiture de frites.**

  For dessert, I would like some potato chip jam.

VOCABULAIRE

Purée : mashed potatoes
À emporter : takeaway
Pané : fried in breadcrumbs
Rôti : joint
Côtelette : chop
Grillades : mixed grill
Sauce de salade : salad dressing
Noix de coco : coconut
Oignon : onion
Cornichon : gerkin
Moulin à poivre : pepper mill
Crème fouettée : whipped cream
Addition : bill
Pourboire : tip
TVA : VAT

Chez la reine d'Angleterre
At Her Majesty the Queen's

- **J'ai trouvé au marché de jolis fruits exotiques pour mettre sur mon chapeau.**

  I found some lovely exotic fruit at the market, I'll put them on my hat.

- **Je veux bien me rendre à Gibraltar avec Juan Carlos à condition qu'il m'apprenne le flamenco.**

  I don't mind going to Gibraltar with Juan Carlos on condition he gives me some flamenco lessons.

- **Qui a mis ma couronne dans le lave-vaisselle ?**

  Who put my crown in the dishwasher ?

- **Angela m'a demandé une saucisse pour tremper dans son thé.**

  Angela wanted a sausage to dunk it in her tea.

- **Carla était très intéressée de voir que Philip était nu sous son kilt.**

  Carla was most interested to see that Philip was naked under his kilt.

VOCABULAIRE

Consort : consort
Courtisan : courtier
Parure : set of jewellery
Diadème : diadem
Révérence : curtsy
Cour : the court
Armoiries : coat of arms
Jarretière : garter
Trône : throne
Sceptre : sceptre
Fleur de lys : fleur-de-lis
Hermine : ermine
Broche : brooch
Dynastie : dynasty
Abdiquer : to abdicate

En enfer
In hell

- **Je croyais que le diable s'habillait en Prada !**

  I thought the devil always dressed in Prada !

- **On m'a dit : « Va au diable ! », alors me voilà.**

  They told me : "Go to hell !", so here I am.

- **Il ne cuit personne au barbecue, il paraît que c'est cancérigène.**

  He never barbecues anybody, he's been told it's carcinogenic.

- **Tiens ! Voilà ma belle-mère ! Ça ne m'étonne pas.**

  Look ! Here's my mother-in-law ! I'm not surprised.

- **Si Ève avait eu peur des serpents, on n'en serait pas là.**

  If Eve had been afraid of snakes, things would be different.

VOCABULAIRE

Péché : sin
Damné : damned
Châtiment : punishment
Feu éternel : eternal fire
Maudit : cursed
Rédemption : redemption
Pardon : forgiveness
Éternité : eternity
Fourche : fork
Diabolique : diabolic
Satanique : satanic
Infernal : infernal
Braises : embers
Combustion : combustion
Jugement dernier : Last Judgement

Dans une galerie d'art
In an art gallery

- **Il y a là quelque chose de kafkaïen dans la métaphore de la pulsion du désir.**

  There is something Kafkaesque about the metaphor of the wish of desire.

- **Vous plaisantez ! L'objet tableau dénonce ici l'objet peinture !**

  You must be joking ! Here, the picture object denounces the painting object !

- **Oui, mais ici au moins les souvenirs du cubisme et du Bauhaus se fondent en un style cohérent.**

  Yes, it does, but here at least the memories of Cubism and of the Bauhaus blend in a coherent style.

- **Pas d'accord ! Je trouve inadmissible de constater que le vulgaire s'érige ici en produit culturel !**

  I do not agree ! I think it is absolutely unacceptable that something so vulgar should purport to be a cultural product !

• **Mais regardez plutôt ! C'est le sentiment du danger lié à l'urgence de la création.**

Do look again, will you ? This is the sense of danger linked to the urgency of creation.

VOCABULAIRE

Fresque : fresco
Toile : canvas
Paysage : landscape
Enluminure : illumination
Dorure : gilding
Poser : to sit
Nu : nude
Modèle : model
Gouache : gouache
Pinceau : brush
Couteau : palette knife
Pastel : pastel
Lavis : wash-drawing
Vernissage : preview
Exposition : exhibition

Sur le plateau d'une émission littéraire
The TV Book Club

- **Moi je dis que c'est un auteur qui a un vrai style revisité par une douceur charnelle.**

  For my part, I think he's a writer with a real style revisited by a carnal softness.

- **Parlons-en ! C'est plutôt une véritable leçon de ténèbres où les personnages échappent aux conventions.**

  Speak for yourself ! To me it looks like a real lesson of gloom where the characters break the conventions.

- **Mais non, c'est un vrai récit d'où émergent des visions aussi déformées que les toiles de Bacon.**

  Not at all, it's a genuine narrative with the emergence of visions as distorted as Bacon's paintings.

• **Vous n'y êtes pas, c'est une poésie tellurique qui dessine la topographie d'une Bretagne griffée par les embruns.**

I'm afraid I don't agree, it is a sort of telluric poetry which draws the topography of a Brittany lacerated by the sea spray.

• **J'opterais plutôt pour une prière qui se noie dans la liturgie du ciel.**

Personally, I would rather call it a prayer that drowns in the liturgy of heaven.

VOCABULAIRE

Le vécu : real-life experience
Le non-dit : what is left unsaid
Extériorisation du moi : expression of the ego
Ça m'interpelle : it sparks my interest
Critique archétypale : archetypal criticism
Prolixe : prolix
Lapidaire : terse
Pittoresque : picturesque
Verbeux : verbose
Ampoulé : pompous
Amphigourique : unintelligible
Maniérisme : mannerism
Litote : litote
Périphrase : periphrasis
Métaphore : metaphor

À la ferme
On the farm

- **Quand il pleut je rentre les moutons car j'ai peur qu'ils rétrécissent.**

  When it rains I put the sheep in the barn so that they don't shrink.

- **Mon chien est bien dressé, quand il mord un mollet il me le rapporte immédiatement.**

  My dog is well trained, whenever he bites somebody's calf he brings it back to me immediately.

- **J'aime beaucoup les animaux de la ferme, surtout si la sauce est bonne.**

  I love farm animals especially if the sauce is good.

- **Mais comment font les poules pour pondre sans casser leurs œufs ?**

  How on earth do hens manage to lay eggs without breaking them ?

• **Il paraît que pour s'endormir les moutons comptent les humains.**

People say that before dropping off to sleep sheep count men.

VOCABULAIRE

Brebis : ewe
Bouc : he-goat
Poulailler : henhouse
Basse-cour : farmyard
Canard : duck
Pintade : guinea-fowl
Oie : goose
Poussin : chick
Chien de berger : sheep-dog
Génisse : heifer
Litière : litter
Grange : barn
Étable : cowshed
Porcherie : pigsty
Abreuvoir : trough

Chez le président de la République
At the palace of the President of the Republic

- **Le pape m'a très bien reçu. Je vais envoyer des fleurs à sa femme.**

  The Pope entertained me wonderfully. I'm going to send some flowers to his wife.

- **Je suis impatient de retourner à Londres. J'adore faire des courses en carrosse.**

  I'm looking forward to going back to London, I love using a horse-drawn carriage when shopping.

- **Je cours moins vite parce que je viens d'acheter une très grosse montre.**

  I don't run as fast as I used to because I've just treated myself to a very big watch.

- **Si je suis assassiné il y aura toujours un armateur grec pour épouser ma veuve.**

  If I am assassinated there will probably be a Greek shipowner to marry my widow.

• **Oui, oui, j'improvise toujours mes discours... après les avoir appris par cœur.**

Yes, I always improvise my speeches... after learning them by heart.

VOCABULAIRE

Jaquette : morning coat
Queue-de-pie : tail coat
Uniforme : uniform
Galon : stripe
Décoration : medal
Drapeau : flag
Hymne national : national anthem
Défilé : parade
Gala : gala
Porte-parole : spokesman
Conseil des ministres : Council of Ministers
Premier ministre : Prime Minister
Conférence de presse : press conference
Escorte : escort
Ambassade : embassy

À la maison de retraite
At an old people's home

- **J'ai encore oublié le prénom de M. Alzheimer.**

  For the umpteenth time I have forgotten Mr. Alzheimer's first name.

- **J'ai connu la mer Morte quand elle n'était que malade.**

  I knew the Dead Sea when it was only ill.

- **On ne fête plus mon anniversaire car maintenant les bougies coûtent plus cher que le gâteau.**

  Nobody celebrates my birthday any longer because now the candles are more expensive than the cake.

- **L'orgasme ! Y a pas que ça dans la vie !**

  Orgasm ! It isn't the only thing that makes life worth living !

- **Ça fait combien en anciens francs ?**

  How many old francs does that make ?

- **Ce qu'il y a de bien quand on est vieux c'est qu'on peut chanter en se lavant les dents.**

  What's good about old age is that we can sing while cleaning our teeth.

VOCABULAIRE

Nonagénaire : nonagenarian
Âge avancé : advanced old age
Antédiluvien : antediluvian
Préhistorique : prehistoric
Mathusalem : Methuselah
Décrépitude : decrepitude
Déclin : decay
Sénilité : senility
Longévité : longevity
Voûté : stooped
Tricot : knitting
Pantoufles : slippers
Déambulateur : Zimmer frame
Canne : cane
Mémoire : memory

Dans un camp de nudistes
At a nudist camp

- **Comment fait-on pour mettre les mains dans les poches ?**

  How can we put our hands in our pockets ?

- **Attention ! La serveuse a posé ses seins sur le plateau !**

  Careful ! The waitress has put her breasts on the tray !

- **Lors d'un match de volley, il n'y a pas que le ballon qui saute.**

  During a volleyball match, it isn't only the ball that jumps.

- **Comme son ventre tombe sur ses cuisses, on ne voit même pas qu'elle n'a pas de culotte.**

  Since her belly hangs down over her thighs we can't even see that she has no pants on.

• **Toute cette viande… Ça me rend végétarien.**

All that meat… It makes me want to become a vegetarian.

VOCABULAIRE

Bronzage intégral : integral tanning
Nu : naked
Musclé : muscular
Trapèze : trapezius
Abdominaux : tommy muscles
Quadriceps : quadriceps
Triceps : triceps
Clavicule : collarbone
Cubitus : cubit
Malléole : malleolus
Métatarse : metatarsus
Fesses : buttocks
Hanche : hip
Mollet : calf
Cheville : ankle

Chez le chirurgien esthétique
At the plastic surgeon's

- **Aidez-moi à maigrir, docteur ! Mon alliance, vous ne pourriez pas me la mettre à l'estomac ?**

  Help me lose weight, doctor ! Couldn't you put my wedding ring around my stomach ?

- **Tant pis si la choucroute fait grossir, je me fais faire une liposuccion la semaine prochaine.**

  I don't care if sauerkraut is fattening, I'm having liposuction next week.

- **Docteur, depuis l'opération, quand je hausse les sourcils ma poitrine remonte. C'est normal ?**

  Doctor, the operation has been a success but whenever I raise my eyebrows it raises my bosom too. Is it normal ?

- **Peut-on inverser une réduction mammaire ?**

  Is it possible to reverse a breast reduction ?

- **Un enveloppement, ça me fait fondre. Surtout avec du chocolat au lait.**

  Cacao therapy makes me dissolve in happiness. Especially if it is with milk chocolate.

VOCABULAIRE

Drainage lymphatique : lymphatic draining
Lifting : face-lift
Implants mammaires : breast implants
Culotte de cheval : jodhpur thighs
Peau d'orange : orange peel skin
Cellulite : cellulitis
Épilation au laser : laser hair removal
Poignées d'amour : love handles
Rides : wrinkles
Paupière : eyelid
Lobe : earlobe
Ongle : nail
Lunule : half-moon
Sillon naso labial : nasolabial groove
Cloison nasale : nasal septum

Au pôle Nord
At the North Pole

- **Cinq fruits et légumes par jour ? Ça va être difficile...**

  Five a day servings of fruit and vegetables ? I don't think we'll make it.

- **Va fumer dehors ! Tu vas faire fondre l'igloo !**

  Go outside to smoke ! Otherwise the igloo is going to melt !

- **Mâche bien ton morceau de caribou, tu me le passeras après.**

  Take your time chewing that caribou meat, you'll pass it to me later.

- **Je t'avais bien dit que les caniches ne sont pas des chiens de traîneau !**

  I did tell you that poodles are not huskies, didn't I ?

- **Non, mon chéri, la Grande Ourse n'est pas sur la banquise.**

  No, darling, the Great Bear is not on the ice field.

VOCABULAIRE

Aurore boréale : northern lights
Cercle polaire : polar circle
Arctique : Arctic
Antarctique : Antarctic
Bébé phoque : baby seal
Traîneau : sledge
Fonte des glaces : ice melt
Manchot : penguin
Pingouin : auk
Ours polaire : polar bear
Morse : walrus
Baleine : whale
Harpon : harpoon
Raquettes : snowshoes
Boucaner : to smoke

Quand j'ai posé un lapin
When I stood you up

- **Mon répondeur était saturé, je n'ai pas eu votre message.**

  My answering machine was saturated and I never got your message.

- **Ma femme venait d'accoucher.**

  My wife had just had a baby.

- **Tous les feux étaient au rouge.**

  All the traffic lights were red.

- **J'avais pris mon agenda de l'année dernière.**

  I had last year's diary.

- **Je n'avais plus d'essence et la station-service était fermée.**

  I had no petrol and the petrol station was closed.

VOCABULAIRE

Prétexte : excuse
Bobard : fib
Mensonge : lie
Vérité : truth
Se disculper : to exonerate oneself
Se justifier : to justify oneself
Sans le vouloir : unintentionally
Assumer : to take responsibility for
Échappatoire : escape
Fausse manœuvre : wrong move
Subterfuge : subterfuge
Imputable : ascribable
Indéfendable : indefensible
Réfuter : to refute
Rembarrer : to snub

Dans un jardin
In a garden

- **Mon saule n'arrête pas de pleurer. Il faut que je l'emmène chez le psy.**

  My willow keeps weeping. I'll have to take it to the psychologist's.

- **J'espère que ce jardin suspendu est bien accro-ché…**

  I hope that this hanging garden is fastened secu-rely…

- **Je ne plante jamais de tulipes, les oignons me font pleurer.**

  I never plant tulips, onions make me cry.

- **Ce n'est pas un nain de jardin, c'est mon jar-dinier.**

  It isn't a garden dwarf, it's my gardener.

- **J'ai besoin d'un épouvantail. Il faut que j'en parle à ma belle-mère.**

  I'll have to tell my mother-in-law that I need a scarecrow.

VOCABULAIRE

Potager : kitchen garden
Brouette : wheelbarrow
Arrosoir : watering can
Tuteur : stake
Espalier : espalier
Binette : hoe
Engrais : fertilizer
Fumier : manure
Bouture : cutting
Greffer : to graft
Bulbe : bulb
Pétale : petal
Graine : seed
Racine : root
Rameau : twig

Au comptoir du café
At the bar

- **J'adore me soûler mais toujours avec modération.**

  I love to get drunk but always in moderation.

- **Je ne mets jamais de glaçons dans mon whisky, ça prend trop de place.**

  I never put any ice cubes in my whisky, they just about fill the glass.

- **Quand je suis soûl je conduis prudemment : j'attends que le panneau « Stop » passe au vert.**

  When I'm drunk I drive carefully : I always wait till the Stop sign turns green.

- **Je me méfie des chameaux car ils peuvent passer une semaine sans boire.**

  I distrust camels because they can spend a whole week without drinking.

- **En 2000, j'ai arrêté de boire. Ce furent les vingt minutes les plus horribles de mon existence.**

  In 2000, I stopped drinking. Those were the worst twenty minutes of my life.

VOCABULAIRE

Eau plate : still water
Pousse-café : after-dinner-liqueur
Verre ballon : balloon glass
Carafe : jug
Grand cru : vintage wine
Vin chaud : mulled wine
Absinthe : absinth
Alambic : still
Zinc : counter
Faire cul-sec : to down
Café-crème : white coffee
Cafetière : coffee-pot
Mazagran : mazagran
Soucoupe : saucer
Bière pression : draught beer

Je voyage en Italie
My trip to Italy

- **Toutes ces ruines… Il n'y a donc pas un plan d'urbanisme à Rome ?**

  All those ruins… Don't they have a town planning scheme in Rome ?

- **Arrête de te plaindre chaque fois que tu vas sur le pont des Soupirs !**

  Stop complaining whenever you walk on the Bridge of Sighs !

- **Toutes ces belles filles qui s'appellent Monica, Caterina, Mozzarella…**

  All those lovely girls called Monica, Caterina, Mozzarella…

- **La langue des signes a sûrement été inventée en Italie.**

  Sign language must have been invented in Italy.

- **Attention ! Ne reste pas au pied de la tour de Pise, elle va tomber !**

  Careful ! Don't stay at the foot of the Tower of Pisa, it's about to fall !

VOCABULAIRE

Carabinier : carbineer
Gondolier : gondolier
Canotier : straw hat
Mandoline : mandolin
Sérénade : serenade
Nouilles : noodles
Coquillettes : pasta shells
Farfalle : bow-tie pasta
Fusilli : corkscrew pasta
Cheveux d'anges : angel hair pasta
Basilic : basil
Bolognaise : Bolognese
Parmesan : Parmesan cheese
Pignons : pine nuts
Escalope : veal escalope

Au restaurant
At the restaurant

- **Je suis désolé, vous aviez commandé votre soupe sans mouche ?**

  I'm sorry, had you ordered your soup with no fly in it ?

- **Rassurez-vous, cette mouche doit être morte : d'habitude la chaleur les tue.**

  Don't worry, I'm sure this fly is dead : heat kills them, as a rule.

- **Pas de problème, cette mouche ne va pas se noyer. Ces petites bêtes nagent très bien.**

  No problem, this fly won't drown. These small beasts are good swimmers.

- **Pour ce prix, vous ne vous attendiez pas à une mouche mais peut-être à un ortolan ?**

  At such a low price what were you expecting instead of a fly ? An ortolan ?

- **Ne vous inquiétez pas ! La mouche s'en ira d'elle-même après avoir goûté la soupe !**

  Just leave that fly alone ! It will fly away as soon as it has tasted the soup !

VOCABULAIRE

Mouche du coche : kibitzer
Bateau-mouche : pleasure boat
Papier tue-mouche : fly paper
Faire mouche : to reach the target
Fine mouche : sharp customer
Prendre la mouche : to go into a huff
Gobe-mouche : fly catcher
Pattes de mouche : spidery scrawl
Oiseau-mouche : hummingbird
Assiette à soupe : soup plate
Velouté : cream soup
Bouillon : broth
Croûtons : croutons
Louche : ladle
Soupière : soup tureen

Un dimanche en famille
Family Sunday

- **On a eu ma belle-mère pour le déjeuner mais j'aurais préféré du poulet.**

  There was no chicken for lunch. There was my mother-in-law instead. Alas.

- **Ma belle-sœur est allée chez l'esthéticienne ; elle a dû prendre l'entrée de secours.**

  My sister-in-law went to the aesthetician's ; she must have got in through the emergency exit.

- **Les enfants veulent lire des livres mais ils ne trouvent pas les piles.**

  The kids want to read books but they can't find the batteries.

- **J'ai dit à mon beau-père qu'il avait dû connaître McDonald quand il n'avait qu'un restaurant. Ça ne lui a pas plu.**

  I told my father-in-law that he must have known McDonald when he had only one restaurant. He didn't appreciate.

• **J'ai acheté une chaise pour ma belle-mère mais elle ne veut pas que je mette la prise.**

I have bought a chair for my mother-in-law but she forbids me to plug in.

VOCABULAIRE

Demi-frère : half-brother
Beau-fils : stepson
Gendre : son-in-law
Abat-jour : lampshade
Canapé : sofa
Vaisselle : washing-up
Tire-bouchon : corkscrew
Cuisinière : cooker
Évier : sink
Assiette à dessert : dessert plate
Argenterie : silverware
Ménagère : canteen of cutlery
Cristal : crystal
Dessous-de-plat : table mat
Nappe : tablecloth

Quand je me mets au régime
When I go on a diet

- **J'ai décidé de maigrir : je ne bois plus, sauf si je suis seul ou accompagné.**

  I have decided to lose weight : I don't drink any longer, unless I'm on my own or with someone.

- **Je mange très léger : en quinze jours j'ai perdu deux semaines.**

  I eat very light meals : I have lost two weeks in a fortnight.

- **J'ai inventé un régime équilibré : un sandwich dans chaque main.**

  I have invented a balanced diet : one sandwich in each hand.

- **Je fais le régime pamplemousse : je mange de tout, sauf du pamplemousse.**

  I am on the grapefruit diet : I eat anything except grapefruit.

- **Ma femme fait le régime noix de coco. Elle n'a pas maigri mais elle monte très bien aux arbres.**

  My wife is on the coconut diet. She hasn't lost weight but she's very good at tree climbing.

VOCABULAIRE

Régime hyperprotéique : high-protein diet
Régime macrobiotique : macrobiotic diet
Jeûner : to fast
Sans sel : low sodium
Casher : kosher
Viande blanche : white meat
Jambon maigre : lean ham
Feuille de salade : salad leaf
Vapeur : steamed
Papillotte : in greaseproof foil
Grossir : to put on weight
Maigrir : to lose weight
Balance : bathroom scales
Kilo : kilo
Calorie : calory

Chez le sexologue
At the sexologist's

- **Docteur, j'ai adoré faire l'amour. J'aimerais bien recommencer, un jour.**

  Doctor, I did enjoy making love. I'd like to do it again one day.

- **Je ne suis pas vraiment homosexuel. J'en aide seulement quelques-uns qui sont débordés.**

  I wouldn't say I'm gay. I only help those who are overbooked.

- **Je n'ai pas fait l'amour depuis 2003. Mais il n'est que 21 heures…**

  I haven't made love since 2003. But it's only 9 p.m…

- **Une fois j'ai réussi à faire l'amour pendant une heure mais c'était le jour du changement d'heure.**

  Once I managed to make love for an hour but it was during daylight saving time.

- **La position préférée de ma femme ? C'est dos à dos.**

  My wife's favourite sex position is back-to-back.

VOCABULAIRE

Orgasme : orgasm
Libido : libido
Érection : erection
Peau : skin
Caresse : caress
String : thong
Latex : latex
Sex-toy : sex toy
Jouir : to come
Privautés : liberties
Marivaudage : light-hearted badinage
Infidélité : infidelity
Amant : lover
Courtiser : to woo
Succomber : to succomb

Chez l'athée
At the atheist's

- **D'après vous, que foutait Dieu avant la création ?**

  What do you think God was doing before the creation of the universe ?

- **On dirait que chaque fois qu'il réalise un miracle il ne veut pas que ça se sache.**

  You'd think that whenever he works a miracle he won't let it be known.

- **En créant l'homme je pense que Dieu s'est surestimé.**

  When he created man I think that God overestimated himself.

- **Je suis athée, Dieu merci !**

  I'm an atheist, thank God !

- **C'est curieux, la Bible nous dit de pardonner à nos ennemis mais pas à nos amis.**

  Strangely enough, the Bible tells us to forgive our ennemies. What about our friends, then ?

VOCABULAIRE

Mécréant : unbeliever
Miracle : miracle
Parabole : parable
Béatitudes : the Beatitudes
Dogme : dogma
Prière : prayer
Apôtre : apostle
Sacrement : sacrament
Liturgie : liturgy
Catéchèse : catechism
Orthodoxe : orthodox
Divin : divine
Sacristain : sexton
Mystère : mystery
Paradis : heaven

Chez le médecin
At the doctor's

- **L'hypocondrie est la seule maladie que je n'ai encore jamais attrapée.**

  Hypochondria is the only disease that I haven't caught yet.

- **L'avantage de la maladie de Parkinson c'est qu'on peut préparer un cocktail en cinq minutes.**

  What is good about Parkinson disease is that it only takes five minutes to make a cocktail.

- **Ma femme pense qu'elle est hypocondriaque, ça la rend malade !**

  My wife thinks she's hypochondriac, it makes her sick !

- **Mon pacemaker est mal réglé. Quand je fais l'amour ça ouvre la porte de mon garage.**

  My pacemaker needs setting. When I make love it opens the garage door.

- **Je fume depuis plus de trente ans et je n'ai aucun problème avec mon poumon.**

  I've been smoking for more than thirty years and there's nothing wrong with my lung.

VOCABULAIRE

Angine : sore throat
Kyste : cyst
Abcès : abscess
Goître : goiter
Épidémie : epidemic
Danse de Saint-Guy : Saint-Vitus' dance
Dermatose : dermatosis
Chancre : chancre
Gangrène : gangrene
Diarrhée : diarrhoea
Hémorroïde : haemorrhoid
Pleurésie : pleurisy
Tuberculose : tuberculosis
Diabète : diabetes
Arthrose : osteoarthritis

Table

DU MÊME AUTEUR

La Théière de Chardin : jeux de noms
(en collaboration avec Gilbert de Goy, illustrations de Clab)
Garnier, 1979

Agenda du V.I.P. (Very Important Person)
Garnier, 1981

Almaniaque de la France profonde
AMP Éditions, 1982

La Khomenie du pouvoir
Scorpio, 1982

Mon carnet secret F.M.
(illustrations de Michel Boucher)
Carrère, 1986

FDG, Le Guide du Futur Directeur Général
(en collaboration avec Marie Garagnoux, illustrations de Yan Nascimbene)
Hermé, 1986

Culture + : un livre-jeu pour tester vos connaissances
(en collaboration avec Marie Garagnoux et Patrick Michel Dansac)
Carrère, 1987

Les Meilleures Histoires de bonnes manières
et autres préceptes auxquels vous avez échappé !
Carrère, 1987

Sky ! my teacher : cours d'anglais très particulier
(illustrations de Clab)
Carrère, 1987, 1988

Culture + : préparez le bac en jouant
(en collaboration avec Marie Garagnoux et Patrick Michel Dansac)
Carrère, 1988

Almanach Hachette 1989
Hachette Pratique, 1988

Heaume sweet home
Dictionnaire illustré des homonymes franco-anglais
Harrap's, 1989

Almanach Hachette 1990
Hachette Pratique, 1989

L'Agenda du Jet set
Le Cherche-Midi, 1990

Almanach Hachette 1991
Hachette Pratique, 1990

Édouard, ça m'interpelle !
Le français nouveau est arrivé
(en collaboration avec Pascale Leroy)
Belfond, 1991

Le Dictionnaire des mots qui n'existent pas
(en collaboration avec Nathalie Kristy, illustrations de Gilles Bachelet)
Hors Collection, 1992
et « Pocket », n° 4305

Un si gentil petit garçon
mémoires
Payot, 1992
et « Points », n° P1912

Sky Mr. Allgood !
Parlons français avec M. Toubon
Mille et Une Nuits, 1994

Quarante ans et après…
Le livre de ma vie
Hors Collection, 1994

Y a-t-il une courgette dans l'attaché-case ?
Comment parler anglais en parlant français
Belfond, 1994

Élysée, première année : cours élémentaire
Jean-Claude Lattès, 1995

Sky ! my friend
Petit traité de la mésentente cordiale
(avec Mike Sadler, illustrations de Harvey Stevenson)
Robert Laffont, 1995

Victoria en son temps
(en collaboration avec Alain Beaulet)
Fontaine/Mango Jeunesse, 1996

Le Nouveau Guide du VIP (Very Important Prisonnier)
Archipel, 1996

J'apprends l'anglais avec la Reine
(dessins de Clab)
Payot, 1997
et « Le Livre de poche », n° 8197

Rien à foot
(illustrations de Cabu)
Mille et Une Nuits, 1998

La Femme du train
roman
Anne Carrière, 1998

Sky my husband ! 2 : the return
(illustrations de Clab)
Hermé, 1998

Et si on appelait un chat un chat ?
Le correctement incorrect
Mots & Cie, 1999

Ad aeroportum ! (À l'aéroport !)
Le latin d'aujourd'hui
Mots & Cie, 1999

Le Cafard laqué : les mots-portemanteaux
Mots & Cie, 1999

Nouilles ou pâtes ?
Le bon sens des mots
Mots & Cie, 1999

Mes perles de culture : un catalogue déraisonné
Mots & Cie, 2000

Wit spirit vol. 1 : L'humour anglo-saxon
Mots & Cie, 2000

L'Almanach Chiflet 2001
Mots & Cie, 2000

Ciel ! Blake : dictionnaire français-anglais
des expressions courantes
Sky ! Mortimer : English-French dictionary of running idioms
Mots & Cie, 2000

Wit spirit vol. 2 : L'humour anglo-saxon
Mots & Cie, 2001

Roger au pays des mots
(illustrations de Cabu)
Mots & Cie, 2001

On ne badine pas avec l'humour
De l'humour et de sa nécessité
(en collaboration avec Maryz Courberand)
Mots & Cie, 2001

Schtroumpfez-vous français
Les schtroumpferies de la langue française
Mots & Cie, 2002

Antigone de la nouille
Mots & Cie, 2002

J'ai un mot à vous dire : un mot se raconte…
Mots & Cie, 2002

Réflexions faites… et autres libres pensées
Mots & Cie, 2003

Le Mokimanké
Le dico des mots qui existent enfin !
(avec Nathalie Kristy)
Mots & Cie, 2003

Malheur au bonheur !
Le guide du sous-développement personnel
Mots & Cie, 2004

Nom d'une pipe !
Dictionnaire français-anglais des expressions courantes (2)
Name of a pipe !
English-French dictionary of running idioms (2)
Mots & Cie, 2004

Petit Dictionnaire des mots retrouvés
(préface de Jean d'Ormesson)
Mots & Cie, 2004

L'Agenda du V.I.P.
Mots & Cie, 2004

Le Diconoclaste
Dictionnaire espiègle et saugrenu
Chiflet & Cie, 2005

Loftum Vaticanum
Le vade-mecum du conclave
(en collaboration avec Lise Fitaire et Anne Camberlin)
Chiflet & Cie, 2005

So irresistible ! Deux siècles d'humour anglo-saxon
Chiflet & Cie, 2005
et « J'ai lu », n° 8242

So incredible ! Toujours plus d'humour anglo-saxon
Chiflet & Cie, 2006

The New Yorker : les meilleurs dessins
sur la France et les Français
Éditions des Arènes, 2006
et nouvelle édition sous le titre
La France et les Français
200 dessins
« Points », n° P2522

Le Coup de Chiflet
Chiflet & Cie, 2006

Les mots qui me font rire et autres cocasseries de la langue française
Points, « Le Goût des mots », 2007

The New Yorker, les dessins inédits
Éditions des Arènes, 2007

Comment résister aux fêtes de fin d'année
Chiflet & Cie, 2007

… Suites et fins
Chiflet & Cie, 2008

Sky my husband ! the integrale
Dictionary of the running English
Ciel mon mari ! l'intégrale
Dictionnaire de l'anglais courant
(illustrations de Pascal Le Brun)
Points, « Le Goût des mots », n° P2037, 2008

Porc ou cochon : les faux-semblants
Chiflet & Cie, 2009

Un éclat de rire par jour
Calendrier 2010
Hugo Image, 2009

99 mots et expressions à foutre à la poubelle
(illustrations de Pascal Le Brun)
Points, « Le Goût des mots », n° P2268, 2009

J'ai encore un mot à vous dire
Chiflet & Cie, 2010

99 clichés à foutre à la poubelle
(illustrations de Pascal Le Brun)
Points, « Le Goût des mots », n° P2503, 2010

Ce livre a été publié en poche au sein de la sélection littéraire *Brit'terature* mettant l'Angleterre à l'honneur :

La Reine et moi
de Sue Townsend

Mort de Bunny Munro
de Nick Cave

Orages ordinaires
de William Boyd

Guide farfelu mais nécessaire de conversation anglaise
de Jean-Loup Chiflet

Nuit et Jour
de Virginia Woolf

Trois hommes dans un bateau
de Jerome K. Jerome

Ode au vent d'Ouest
de Percy Bysshe Shelley

RÉALISATION : NORD COMPO À VILLENEUVE-D'ASCQ
IMPRESSION : CPI BRODARD ET TAUPIN À LA FLÈCHE
DÉPÔT LÉGAL : AVRIL 2011. N° 104458 (62732)
IMPRIMÉ EN FRANCE

DANS LA MÊME COLLECTION

L'Amour du français

Contre les puristes et autres censeurs de la langue

Alain Rey

La langue française est-elle proche de l'agonie ? Est-elle menacée par les assauts du franglais et des SMS ? Telle est la prophétie de nombreux puristes et autres censeurs. Alain Rey entreprend de dépasser les vaines querelles pour affirmer son amour du français : une langue bien vivante que l'on peut d'autant mieux défendre que l'on connaît son histoire.

Points n° P2151

Un mot pour un autre

Les pièges des paronymes

Rémi Bertrand

Armé d'un solide sens de l'humour et d'un goût certain pour les mots, Rémi Bertrand nous propose le guide indispensable pour démasquer les « faux jumeaux » de la langue française. Grâce à lui, plus de confusion possible entre « perpétrer » et « perpétuer », « rebattre » et « rabattre », « collision » et « collusion »… L'heure d'une langue juste et précise a sonné !

Inédit, Points n° P2238

Le Grand Bêtisier des mots

Les plus belles perles d'Aristote à Pierre Desproges

Claude Gagnière

Dans cette compilation qui oscille entre humour et érudition, les mots sont légers, malins et mutins. Ils nous divertissent et nous surprennent grâce au talent de Claude Gagnière, qui sait dégoter les perles parmi les pataquès, barbarismes, contrepèteries et autres jeux de mots en tout genre qui peuplent notre langage.

Points n° P2239

99 mots et expressions à foutre à la poubelle

Jean-Loup Chiflet

Certains, et non des moindres, pensent à juste titre qu'il faut voler au secours des mots et expressions frappés par la limite d'âge, avant qu'ils ne sombrent dans l'oubli le plus total. Riche idée ! D'autres comme Jean-Loup Chiflet suggèrent à leur tour d'ouvrir la chasse aux mots flous et vagues, creux et inutiles, qui polluent, qui irritent, bref, qui agacent notre langue au quotidien !

Inédit, Points n° P2268

Le Baleinié

Le dictionnaire des tracas

Christine Murillo – Jean-Claude Legay – Grégoire Œstermann

Offrir un cadeau avec le prix resté dessus, répondre au dentiste quand il a ses doigts dans votre bouche, sortir souriant mais effondré de chez le coiffeur… Tous ces tracas sont universels et pourtant il n'existe pas de mots pour les nommer. Ce dictionnaire propose 454 néologismes pour enfin rire de ces soucis.

Points n° P2269

Mots d'amour secrets
100 lettres à décoder pour amants polissons
Jacques Perry-Salkow – Frédéric Schmitter

Inspirés par le célèbre billet de George Sand à Alfred de Musset, lettre innocente cachant une déclaration fort osée, les auteurs imaginent à leur tour des mots d'amour à double sens. Acrostiches, contrepèteries, homophonies et autres rébus habitent clandestinement les pages de ce livre, candides missives dont vous aurez à découvrir les secrets brûlants !

Inédit, Points n° P2309

Petit Abécédaire de culture générale
40 mots-clés passés au microscope
Albert Jacquard

Dans cette « mini-encyclopédie » vivante et alerte, le grand généticien Albert Jacquard définit et commente des concepts essentiels de culture générale : la vieillesse, la maternité, l'univers, la nation, la connaissance... Au travers de ces courtes chroniques, l'auteur nous invite à suivre le fil de sa libre pensée et partage les bases de son immense savoir et de sa réflexion profondément humaniste.

Points n° P2330

Comment parler le belge
Et le comprendre (ce qui est moins simple)
Philippe Genion

Rire : verbe fondamental de la langue et de l'attitude belges (prononcez *bèlchhh*). Et ce ne sont pas les occasions de plaisanter (de soi et des autres) qui manquent en Belgique. Il y a Magritte, « peintre belge, grand amateur de pipes », des plats improbables comme le *poulycroc* (sorte de poulet reconstitué) et des expressions d'une truculence insoupçonnée. Français de France, savez-vous que *raclapoter* signifie « rafistoler » ? Qu'un enfant *cucuche* est tout simplement crasseux ? Et qu'à Bruxelles, on dit *non, peut-être* pour « oui, sûrement » ? Ne vous y trompez pas : n'est pas belge qui veut !

Inédit, Points n° P2384

Le Sottisier de l'école
Philippe Mignaval

Connaissez-vous « Pétain le Bref » ? Saviez-vous que la bière était une fermentation de « houx blond » ? Et qu'un « kilo de mercure » pèse « pratiquement une tonne » ? Philippe Mignaval est allé recueillir les plus belles perles de nos écoliers : contresens, contrevérités, mots d'esprit cocasses et calembours improbables… Il n'y a qu'une leçon à retenir : la vérité ne sort pas toujours de la bouche des enfants !

Points n° P2385

La Petite Brocante des mots

Bizarreries, curiosités et autres enchantements du français

Thierry Leguay

Expressions surprenantes et oubliées, bizarreries de l'usage, musicalité réjouissante des mots : on picore dans ce joyeux thésaurus d'innombrables trouvailles qui raviront les amoureux du français.

« Que collectionnent les personnes suivantes ?

Microtyrosémiophile : les étiquettes de portions de fromage.
Molafabophile : les moulins à cafés.
Raptomécanophile : les machines à coudre.
Notaphile : les factures ! »

Points n° P2427

Propos sur l'imparfait

Jacques Drillon

En français, nous utilisons régulièrement deux temps pour exprimer le passé : le passé simple et un temps qu'on dit « imparfait ». C'est ce temps contradictoire, éminemment littéraire, qu'explore pour nous Jacques Drillon. Parcourant les textes de Proust, Flaubert ou Balzac, il nous en dévoile toutes les subtilités et nuances. « Il était une fois », n'est-ce pas le début de toute belle histoire ?

Points n° P2476

Le Sottisier du collège
Philippe Mignaval

Les professeurs sont parfois quelque peu désemparés. Les élèves menacent de se suicider en avalant leur cahier de mathématique, pensent que Jules Ferry a rendu « les enseignants gratuits et obligatoires » ou que « les Égyptiens se déguisaient en momie pour échapper à la mort ». Bref, il y a du boulot ! Mais ces sottises de « l'âge idiot » ont un grand mérite : elles font travailler nos zygomatiques.

Points n° P2477

Brèves de philo
La sagesse secrète des phrases toutes faites
Laurence Devillairs

« Le temps guérit de tout », « L'erreur est humaine », « Personne n'est irremplaçable ». Elles sont nombreuses, ces phrases toutes faites et passe-partout qu'on prononce sans y penser. Laurence Devillairs démontre avec humour que ces formules de sagesse populaire recèlent souvent de véritables leçons de philosophie.
Vous croyez farouchement que « Quand on veut on peut » ? Vous êtes stoïcien ! Le proverbe « L'argent ne fait pas le bonheur » vous fait bondir ? Vous partagez l'opinion d'Aristote pour qui « le bonheur ne saurait se passer de biens extérieurs »... Serions-nous donc philosophes sans le savoir ?

Inédit, Points n° P2478

99 clichés à foutre à la poubelle
Jean-Loup Chiflet

Ils sont partout ! Ils se reproduisent, pullulent et polluent l'environnement. Qui donc ? Les clichés, bien sûr ! Minée par ces expressions usées, la langue se fatigue et se fige, car les *dilemmes* sont, hélas !, toujours cruels, les *célibataires endurcis*, les *éminences grises*... Et les *buveurs* ? *Invétérés*.
Jean-Loup Chiflet, avec malice et faconde, fait un *bilan provisoire* de ces *banalités affligeantes*, et nous invite à *sortir des sentiers battus* en utilisant ces souverains poncifs *à dose homéopathique* pour retrouver une langue savoureuse et vivante.

Inédit, Points n° P2503

Des Papous dans la tête, Les décraqués
L'anthologie

Des Papous dans la tête, Les Décraqués : deux émissions cultes de France Culture. Vaste cour de récré langagière, où l'esprit de sérieux n'a pas droit de cité. Contrepèteries, calembours, pastiches en tous genres, dictionnaire qui rimaille, récits de la vie insoupçonnée des objets quand nous avons le dos tourné, correspondances insolites et inattendues entre Cousteau et Lacan ou Ghandi et Gary Cooper. Cette joyeuse bande littéraire cultive le goût du non-sens, l'érudition, la dérision, pour notre plus grande joie.

Points n° P2504

Bouche bée, tout ouïe...
ou comment tomber amoureux des langues
Alex Taylor

Polyglotte éminent, Alex Taylor s'amuse à décrypter quiproquos cocasses et autres facéties des langues du monde entier avec son humour so british. Prêtons l'oreille et restons bouche bée face aux trésors de drôlerie et d'inventivité cachés dans les us et coutumes linguistiques sur toute la planète.

Points n° P2572

La grammaire, c'est pas de la tarte !
Exceptions, pièges et subtilités
Olivier Houdart, Sylvie Prioul

Usagers quotidiens de la grammaire, nous nous heurtons régulièrement aux mêmes difficultés et fouillons en vain nos souvenirs d'écolier pour les surmonter. Ce sont ces questions, celles qui nous font le plus peiner, sur lesquelles les auteurs mettent ici l'accent : en genre, en nombre, en nature ou en fonction, les exceptions sont légion mais toujours pour une bonne raison !

Points n° P2573